생각숲 상상바다는 생명을 생각하고 더불어 함께하는 세상을 꿈꿉니다.
사람과 사람, 사람과 자연이 평화롭게 어우러지는 삶터를 그려 갑니다.

베토의 하루

초판 1쇄 발행 2025년 2월 14일

글쓴이 | 신희진
그린이 | 김민우
펴낸이 | 김사라
펴낸곳 | 해와나무
편집장 | 임수현
디자인 | 한아름
마케팅 | 박선정
출판 등록 | 2004년 2월 14일 제312-2004-000006호
주소 | 서울특별시 영등포구 양산로23길 17 2층
전화 | (02)364-7675(내용), 362-7675(구입)
팩스 | (02)312-7675
ISBN 978-89-6268-326-4 73810

KC 제조자명 : 해와나무 제조국명 : 대한민국 제조년월 : 2025년 2월 14일 대상 연령 : 8세 이상
전화번호 : 02-362-7675 주소 : 서울특별시 영등포구 양산로23길 17 2층
*KC마크는 이 제품이 공통안전기준에 적합하였음을 의미합니다.
주의 : 책의 모서리에 다치지 않게 주의하세요.

베토의 하루

신희진 글 ★ 김민우 그림

해와나무

"이동권을 보장하라! 이동권을 보장하라!"

버스가 멈췄다. 버스 밖에 많은 사람이 모여 있었다. 휠체어에 탄 사람들은 팻말을 들고 있었다. 사람들은 큰 소리로 외치고 있었다. 그 옆에 경찰도 서 있었다. 시위를 하던 사람들은 버스 앞으로 갔다. 버스는 멈췄다.

버스에 있던 한 아저씨가 큰소리쳤다.

"야, 너네만 힘들어?"

"장애인도 비장애인도 안전한 세상을 원합니다."

할머니가 싸 주신 반찬을 빨리 냉장고에 넣어야 하는데 집에 늦게 도착할까 봐 걱정되었다. 그런데 갑자기 좋은 생각이 떠올랐다. 미래의 유명한 유튜버가 꿈인 내가 지금 이 순간을 놓치면 안 된다. 나는 휴대 전화를 꺼내서 어른들의 싸움을 촬영했다. 욕설이 오갔다. 점점 소리가 커지니 나도 슬슬 화가 났다.

"아, 짜증 나. 정말 이기적이야."

나는 촬영을 멈췄다. 경찰관이 장애인들을 이동시켰다. 그리고 잠시 후 버스가 출발했다.

'에휴, 다행이다.'

겨우 집에 도착했다.

"영훈아, 왜 이렇게 늦었어? 너 또 공원에서 유튜브 보고 온 거 아니야?"

현관문을 열고 들어오자, 엄마가 따지듯이 소리쳤다.

"장애인들이 버스를 막아서 버스가 멈췄어. 왜 이런 날 장애인 시위를 하고 그래?"

"뭐, 시위하는 날이 따로 정해져 있니?"

"이 무거운 반찬 들고 오느라 얼마나 힘들었는지 알아? 바쁜 사람들 못 가게 막고 말이야. 남들도 생각해야 하는 거 아니야? 하여튼 이기적이야."

"다 이유가 있겠지."

"난 민폐 끼치는 사람들 딱 질색이야. 하여튼 다음에는 심부름 시키지 마."

"내일 고모 오니까 방 청소나 해."

나는 엄마의 잔소리를 뒤로하고 방으로 들어와서 브이로그를 편집했다. 제목은 '민폐 장애인'으로 올렸다. 내 채널은 5학년 우리 반 애들과 4학년 때 친구들 40명 정도가 구독자이다. 아직은 조회 수가 많지 않지만 난 유명한 유튜버가 될 것이다.

다음 날, 엄마가 아침 일찍 깨웠다.

"영훈아, 금방 고모 오시니까 일어나 청소해. 몇 번을 깨우니?"

엄마가 이불을 걷었다. 토요일은 늦잠 자는 날이다. 그런데 아침 일찍 일어나야 한다니 스멀스멀 짜증이 올라왔다.

"고모는 왜 우리 집으로 오는 거야? 호텔로 안 가고?"

"너, 그런 말 하면 못써. 고모가 10년 만에 한국 오는데 당연히 우리 집으로 와야지."

"독일 좋다며? 왜 한국에 오고 그래?"

나는 아침 일찍 일어나는 것도, 얼굴도 모르는 고모가 오는 것도 귀찮아서 화가 났다. 엄마는 일주일 전부터 예민해져서 계속 청소하라는 잔소리만 했다. 일주일 내내 힘들었는데 고모가 머무를 한 달 더 힘들 생각을 하니 싫었다. 고모가 오지 않으면 유튜브나 보며 편하게 지낼 텐데, 정말 귀찮다.

띠띠띠띠띠.

그때 현관문이 열렸다. 아빠와 고모였다. 나는 고모를 보고 놀랐다. 고모가 휠체어를 타고 들어왔다. 부모님의 대화에서 고모가 몸이 불편하다는 이야기를 들었던 것도 같다. 그런데 잘 생각이 나지 않는다. 나는 아무렇지 않은 표정을 지었다.

"어머, 영-훈이구나-아."

내 이름이 높이 올라갔다 내려왔다. 고모의 목소리에는 높낮이가 있었다. 연극배우가 말하는 것처럼 우아한 목소리였다.

"고모한테 인사해야지."

아빠가 재촉하며 말했다. 나는 휠체어를 타고 온 고모의 모습에 놀라서 인사하는 것을 놓쳤다.

"아, 안녕하세요."

"우리 영훈이가 벌써 5학년이네. 돌잔치 때 봤으니까 10년 만이구나. 이제 어른처럼 의젓해졌네."

웨이브가 있는 파마머리에 빨간색 뿔테 안경, 초록색 리본이 달린 원피스까지 모든 것이 독특했다. 말을 할 때마다 오른손을 펴는 우아한 손짓도 꼭 지휘하는 것 같았다. 휠체어에 타고 있지 않다면 장애인이라는 것을 모를 만큼 고운 얼굴에 우아한 모습이 정말 예술가 같았다. 독특한 분위기 때문인지 자꾸 눈길이 갔다.

"고모, 반가워요. 더 예뻐졌네요. 배고프죠? 이제 밥만 하면 돼요. 영훈이랑 잠깐 얘기하고 있으세요."

엄마랑 아빠는 음식을 준비하러 주방으로 갔다.

고모는 휠체어에서 움직이는 것도 소파로 옮겨서 앉는 것도 굉장히 익숙했다. 누군가의 도움이 전혀 필요 없어 보였다. 고모와 소파에 앉아 있는데 좀 어색한 공기가 흘렀다. 고모 휠체어 앞 손잡이에 최신 짐벌 카메라가 달려 있었다.

"고모, 이건 짐벌 카메라 맞죠?"

나는 만져 보고 싶었으나 참았다.

"응, 맞아. 고모가, 유명한 유튜버란다."

고모는 짐벌 카메라를 끄고 휠체어 앞에 고정한 나사를 풀었다.

"정말이요? 저도 유튜버인데. 제가 편집의 달인이거든요. 고모는 무슨 콘텐츠 유튜버예요?"

"독일살이도 올리고, 맛집도 알려 주고, 독일에서 잘 사는 비결을 알려 준달까? 관심 있으면 보여 줄까?"

고모는 휴대 전화를 꺼내며 자랑스럽게 말했다.

고모가 보여 준 영상에는 독일의 모습이 담겨 있었다. '베토의 하루' 구독자가 400만 명이고 동영상이 500개가 넘었다. 조회 수는 1,000만이 넘었다.

"우와, 고모 완전 유명하네요. 고모가 베토벤 닮아서 베토의 하루예요?"

"하하. 내가 베토벤 닮았니? 베토벤 음악을 좋아해서 베토의 하루야."

나는 '베토의 하루' 채널에 있는 동영상 목록을 올리면서 봤다.

"이건, 독일에서 휠체어를 타고 버스와 지하철을 타는 영상이지. 내가 그래도 바이올리니스트인데 연주 영상보다 휠체어 탄 일상이 더 인기가 많다니, 인생은 아이러니의 연주야."

고모가 올린 영상 목록을 보는데 2016년 영상에 '휠체어를 타다' 제목이 눈에 띄었다. 내 멈춘 손을 보고 고모가 이야기를 시작했다.

"이건, 내가 사고 나고 첫 휠체어를 탔을 때의 영상이란다. 8년 전 개인 독주회가 끝나고 파티가 있었어. 사고로 2층 파티장에서 떨어졌지. 1년 동안 병원에 있었는데 의사가 살기 어려울 거라 했었어. 하반신 마비지만 이렇게 일어난 것이 기적 아니겠니? 그래도 두 손은 움직일 수 있으니 얼마나 감사한지 몰라."

고모가 환하게 웃었다. 고모의 얼굴에 햇살이 비쳐 더욱 빛났다.

"고모가 긍정의 아이콘 아니겠니?"

나도 함께 웃어야 할지, 안타까운 표정을 지어야 할지 몰라서 머뭇거렸다. 이럴 때 어떻게 행동하라는 안내서 같은 것이 있으면 좋겠다. 잠시 고요해졌다.

"고모 인기 동영상 찾아서 볼게요."

고모가 내게 짐벌 카메라를 건넸다. 나는 신기해서 짐벌 카메라를 켜서 위아래로 움직였다. 정말 빠르게 움직이는데도 화면이 흔들리지 않았다. 신기했다.

"영훈아, 고모랑 세종문화회관에 같이 가지 않을래? 고모가 장애인 음악회에 초청받았거든. 오늘이 리허설이야. 브이로그 찍을 조수가 한 명 필요한데, 어떠니?"

"제가요? 세종문화회관이요? 저는 가는 길 잘 몰라요."

"길은 고모가 안단다. 동행을 해 주면 짐벌 카메라를 선물로 줄게. 어떠니?"

가장 갖고 싶었던 짐벌 카메라다. 최소형 짐벌인데 흔들림까지 완벽하게 잡아 주는 최신형으로 유명한 유튜버들은 거의 다 갖고 다닌다. 이것만 있으면 유명한 유튜버가 될 것 같았다. 아니 벌써 유명한 유튜버가 된 기분이었다.

"정말로 선물로 주실 거예요?"

"고모한테 하나 더 있거든."

"그럼, 짐벌 카메라만 들고 쫓아가면 되는 거죠?"

"그렇지. 우리 영훈이 똑똑하구나."

나는 세상을 다 가진 기분이었다. 고모가 온 게 정말 행운이라고 생각했다. 아니, 짐벌 카메라가 온 것이 행운이었다.

고모와 나는 아침을 먹고 일어났다. 아빠가 데려다준다고 몇 번을 말했지만, 고모는 대중교통을 선택했다. 독일에서는 항상 대중교통을 이용한다고 말했다. 인천에서 서울까지 가는 광역 버스에는 휠체어 탑승 설비가 없어서 택시 타고 부천으로 가서 서울 가는 간선 버스를 갈아타기로 했다.

　　나는 고모의 바이올린을 메고 집을 나섰다. 고모의 작은 휠체어는 좋아 보였다. 바퀴의 회전도 좋았고 빠르게 잘 굴러갔다. 고모는 누구의 도움 없이도 사람들의 속도에 맞춰서 잘 갔다. 고모의 익숙한 움직임을 보고 다행이라고 생각했다. 짐벌 카메라에 찍히는 고모 모습을 봤다. 촬영 감독이 된 기분이었다.

　　"오늘 베토의 하루는 한국에서 시작합니다. 여기서 세종문화회관까지 가는 길을 소개할게요. 오늘의 조수는 제 유일한 조카, 박영훈 군입니다. 미래의 유명 유튜버입니다."

"야, 박영훈. 어디 가?"

나는 카메라에서 눈을 돌려 옆을 쳐다봤다. 편의점 앞에 같은 반 아이가 있었다. 당황했다. 이런 상황은 생각지도 못했다. 고모와 함께 가는 길에 아는 사람을 만날 거라는 생각은 전혀 하지 않았다.

"어? 어. 과, 과제가 있어서."

급하게 손을 흔들고 뛰듯이 빠르게 걸었다. 혹시 고모가 말소리를 들었을까 걱정이 되어 고모의 얼굴을 살폈다. 다행히도 듣지 못한 것 같았다.

나는 짐벌 카메라를 보면서 불편한 마음을 다잡았다. 고모는 열심히
바퀴를 굴렸다. 오래된 길이라 보도블록이 울퉁불퉁해서 휠체어가 위아
래로 움직였다. 울퉁불퉁한 길을 지나니 긴 바깥쪽으로 15도 정도 기울
어진 좁은 길이 나왔다. 고모의 몸이 길 쪽으로 쓰러질 듯 보였다.

"고모, 도와드릴까요?"

"여긴, 길이 매우 불편하구나. 독일은 길이 평평한데."

고모는 천천히 바퀴를 굴렸다. 나는 혹시 고모가 넘어질까 봐 고모에게 시선을 고정했다.

택시 승강장에 도착했다. 잠시 후 우리 앞에 택시가 멈춰 섰다. 고모는
택시 쪽으로 다가가서 앞 창문을 두들겼다.

"기사님, 제 휠체어를 실어 주실 수 있을까요?"

나는 뒤에서 고모를 계속 촬영했다. 택시 아저씨가 싫어할 것 같아 걱정
되었다. 이런 상황이 불편했다.

택시 아저씨가 뭐라고 할까 봐
심장이 두근거렸다.

아저씨는 아무 말 없이 운전석에서 내려 고모 쪽으로 다가왔다.

"혼자서 탈 수는 있어요?"

"네. 제가 혼자 탈 수 있습니다. 휠체어만 부탁드립니다."

고모는 휠체어를 택시 가까이 붙이고 엉덩이를 들어서 한 번에 의자에 앉았다. 그리고 팔로 두 다리를 옮겼다.

"여기를 잡아당기면 바퀴가 빠지는데, 바퀴를 먼저 빼고 가운데를 접으면 됩니다."

아저씨는 고모가 잡아당기라는 레버를 누르고 바퀴를 당겼다. 잘 빠지지 않았다.

"내가 손을 수술해서 힘을 잘 못 써. 이거 잘 안 되는데."

아저씨의 목소리에 짜증이 가득했다. 지나가는 사람들도 멈춰서 바라봤다. 나는 우물쭈물 망설였다. 카메라를 끄고 가 봐야 하는지 그냥 계속 촬영을 해야 할지 몰라 서성거렸다.

고모는 택시 승강장에 서 있던 젊은 아저씨에게 손짓하며 말했다.

"저기, 이것 좀 도와줄 수 있을까요?"

젊은 아저씨는 다가와서 한 번에 바퀴를 빼고, 다른 쪽 바퀴도 빼서 트렁크에 실어 줬다.

"고마워요. 행복한 하루 보내세요."

젊은 아저씨는 아무 말 없이 가벼운 목례를 하고 다시 승강장으로 갔다.

나는 다행이라고 생각하고 그제야 택시에 탔다. 아저씨는 그다지 반갑지 않은 손님이 탔다는 표정이었다.

"에이, 손에 기름때가 다 묻었네. 다른 기사 만났으면 승차 거부했을 거예요. 그래도 나니까 도와주는 거예요. 우리나라는 아직 장애인 인식이 좋지 않아요."

아저씨는 생색내며 말했다. 전혀 친절하지 않았다. 그래도 태워 준 것이 다행이라고 생각했다.

"그렇죠? 한국은 아직 장애인 인식이 좋지 않죠? 저는 독일에 사는 바이올리니스트예요. 독일에는 배리어 프리라고 장애인들이 편하게 다닐 수 있게 도로와 교통수단을 만들었죠. 독일에서는 휠체어를 타고 이동하는 데 전혀 불편함이 없답니다. 베를린에는 이미 2009년부터 전국의 모든 대중교통 수단이 100퍼센트 배리어 프리 저상 버스이고, 또 독일 전역 모든 시외버스와 고속버스가 배리어 프리가 되었죠. 그래서 굳이 택시를 이용하는 사람은 없답니다. 완전한 배리어 프리죠."

고모는 마지막 단어를 강조하며 말했다.

"아, 독일에서 오셨군요."

아저씨는 좀 머쓱한 표정을 지었다.

"모든 사람은 평등하고 행복할 권리가 있잖아요. 약자가 행복한 나라가 모두가 행복한 나라죠."

"그렇죠. 모두가 행복해야죠."

택시 아저씨는 원래부터 장애인 이동권에 관심이 있었으며, 이 문제가 개선되어야 한다고 생각했다며 한참을 큰 소리로 말했다.

고모와 나는 버스 정류장에 도착했다. 세종문화회관까지 가려면 부천에서 한 시간은 걸린다. 고모와 함께 간다면 더 길어질 수도 있다.

버스가 도착했다. 뒷문이 열리고 바닥에 연결된 경사판이 삐 소리를 내면서 조금씩 나왔다. 삐 소리는 1초에 한 번씩 열두 번이 울렸다. 거북이보다 느린 속도로 천천히 내려갔다.

'에휴, 뭐가 저렇게 느리게 움직여. 답답해 죽겠네.'

휠체어 경사판이 보도블록에 닿자 고모는 바퀴를 굴려 버스 안으로 올라갔다.

고모는 뒷문 바로 앞 좌석으로 갔다.

"저, 죄송한데 여기 휠체어 타는 자리인데요."

"왜 저쪽에는 못 앉아?"

아저씨는 옆 의자를 가리켰다.

"네. 여기에 휠체어를 고정해야 해요."

아저씨는 귀찮은 듯이 자리에서 일어나 옆자리로 갔다.

뒷문이 닫히고 버스가 출발했다.

"기사님, 잠시만요. 휠체어 위험합니다."

고모는 다급하게 말했다. 버스가 멈췄다. 고모가 버스 의자를 접으려고 하는데 잘 접히지 않았다. 기사님이 그제야 뒷자리로 와서 의자를 접어 옆으로 붙여 주었다.

버스에 탄 사람들이 쳐다봤다. 사람들의 시선이 내 몸에 화살처럼 박히는 것 같았다. 이제는 짐벌 카메라를 들고 있는 것도 부담스러웠다. 어디로 숨고 싶었다.

"빨리 좀 합시다."

고모 뒤에 선 아저씨가 큰 소리로 말했다. 버스 안의 공기가 차가워졌다.

"잠깐이면 됩니다."

고모는 휠체어 바퀴를 여러 번 굴려서 좌석 안쪽으로 휠체어를 넣어 고정했다.

드디어 버스가 출발했다. 나는 고모 건너편 자리에 앉았다. 괜히 따라왔나 불편한 마음이 올라왔다. 눈을 감고 잠을 잤다.

"이동권을 보장하라! 이동권을 보장하라!"

시끄러운 소리에 눈을 떴다. 얼마나 잤을까? 건너편 도로 표지판에 오른쪽으로 종각역과 직진하면 광화문이라는 표지판이 보였다. 한 정거장만 더 가면 된다. 그런데 도로에 많은 사람이 있었다. 경찰 아저씨들도 보였다. 건너편 도로에서 휠체어를 탄 사람들이 시위하고 있었다.

버스 안에 탄 사람들도 짜증 내는 소리가 들렸다. 버스가 멈췄다고
화를 내는 사람의 목소리가 크게 들렸다.

"아저씨, 여기서 내릴게요."

고모는 안전띠를 풀고 버스에서 내렸다.

세종문화회관이 보였다. 시위하는 사람들의 행렬이 길게 늘어서 있었다. 고모는 사람들 사이로 움직였다.

사람들의 목소리는 더 커졌다. 주위를 보니 경찰도 있었다.

그때, 버스에서 봤던 아저씨가 고모에게 소리쳤다.

"집에 조용히 있지 왜 돌아다니냐고!"

고모에게 삿대질까지 했다. 나는 깜짝 놀랐다. 힘이 빠진 다리가 더 후들거렸다. 무슨 일이 생길 것 같아 두려웠다.

"저희 고모는 시위에 참석하지 않았어요."

이렇게 말하면 괜찮을 줄 알았다.

"이렇게 돌아다니는 게 민폐라고. 왜 사람들을 불편하게 해. 집에나 있을 것이지!"

아저씨는 고래고래 소리를 질렀다.

나는 심장이 빠르게 뛰었다. 어떻게 하지? 아저씨는 계속 소리를 질렀다. 사람들이 수군거렸다. 아저씨의 말에 동조하는 말이 들렸다. 모두 고모와 나를 쳐다봤다. 경멸하는 눈빛처럼 느껴졌다. 고모는 장애인들이 모여 시위하는 곳을 향해 움직였다. 반대쪽으로 가야 안전할 것 같아서 고모에게 말했다.

"고모, 저쪽으로 가요."

고모는 들리지 않는지 시위하는 곳으로 바퀴를 굴렸다. 나는 어쩔 수 없이 따라갔다. 세종문화회관 계단 아래 마이크를 잡고 큰 소리로 말하는 사람이 있었다.

고모는 한가운데 서 있는 장애인에게 다가가 마이크를 달라는 듯 손을 내밀었다.

"여러분, 저는 독일에 사는 바이올리니스트입니다. 제가 여러분들을 위해 한 곡 연주해도 될까요?"

고모의 목소리는 우아하며 단호했다. 몇몇 사람들이 고모를 향해 시끄럽다고 소리쳤다.

고모는 바이올린을 꺼내 연주를 시작했다. 광화문 광장
에 바이올린 소리가 울려 퍼졌다. 아는 음악이다. 작년에
피아노 학원에서 합창했던 베토벤의 '환희의 송가'였다.

'미움으로 찢긴 영혼 다시 함께 만나서
모든 사람 형제 되어 환호하며 춤춘다.'

피아노 연주회가 끝나고 모든 학생이 무대 앞으로 나와 노래를 부르던 장
면이 떠올랐다. 피아노 선생님은 이 음악이 전쟁을 멈추게 하는 평화의 노래
라고 했다.

사람들의 싸우는 소리 위에 고모의 연주가 이불처럼 덮였다. 지나가는 사
람들도 바이올린 소리에 귀 기울이듯 이쪽을 바라보며 경청했다. 순식간에
싸움의 소리는 사라지고 음악 소리로 가득 채워졌다.
고모는 음악에 취한 듯한 표정으로 온몸을 움직이며
연주했다. 정말 아름다운 소리다.

나는 심장이 뛰었다. 가슴에 뭔지 모를 뜨거운 무언가가 차오르는 느낌이었다. '환희의 송가'가 전쟁터에서 울리는 모습이 떠올랐다. 전쟁터에서 고통받는 사람들을 위로하고, 사람들의 마음을 평화롭게 바꾸었던 노래가 내 귀에서 울렸다. 순간 웅장한 소리가 심장을 쿵 쳤다.

온몸에 전율이 흘렀다.

주머니에서 휴대 전화를 꺼내 전광판 앱에 '배리어 프리'를 적어 머리 위로 높이 올렸다. 사람들의 시선이 날아왔지만, 몸에 박히지 않았다. 시위하던 몇몇 사람들이 나를 보고 휴대 전화 화면에 배리어 프리 글자를 적어 함께 높이 올렸다. 점점 글자가 많아지더니 주변에 불빛이 가득했다.

고모의 연주는 절정으로 향했고 아름다운 연주 소리가 공간을 가득 채웠다. 주변이 점점 밝아지며 환하게 변했다. 음악 소리가 하얀 눈처럼 변해 사람들의 머리 위에 내려앉았다. 온통 눈으로 덮였다.

연주가 끝나자 사람들은 손뼉을 쳤다. 버스를 막았던 사람들은 자리를 옮겼고 버스는 떠났다. 시위대를 욕하던 사람들도 떠났다. 싸움이 끝났다. 아무도 싸움의 원인을 묻지 않았다. 신기하게 평화가 찾아왔다.

아, 어딘가로 여행을 다녀온 기분이었다. 내가 모르는 세계로. 그리고 내가, 내가 아닌 것처럼 낯설었다. 주변의 소리도 익숙했던 공간도 다르게 느껴졌다. 고모를 봤다. 고모는 모든 일을 다 끝낸 것 같은 평안한 얼굴이었다. 나는 고모의 바이올린을 다시 챙겨서 어깨에 멨다.

"영훈아, 오늘 영상은 편집해서 올려 주렴. 참, 영훈이 유튜브 채널은 이름이 뭐니?"

'앗, 큰일이다.'

갑자기 어제 올린 영상이 생각났다. 손발에 힘이 풀렸다. 얼굴이 뜨거워졌다.

"아, 저, 저는 아직 영상이 많지 않아서요. 몇 개 더 올리고 알려 드릴게요."

집에 가서 영상을 지워야겠다. 커닝하다 들킨 기분이었다. 빨리 지우면 된다. 그래도 수정할 기회가 있다는 것에 안도감이 들었다.

"그럼 오늘 찍은 영상을 올려 보렴."

"정말요?"

집에 와서 오늘 찍은 영상을 편집했다. '장애인 이동권'에 관해 검색도 했다. 제목을 '베토와 보낸 하루'로 해서 유튜브에 올렸다. 고모가 집으로 오면서 했던 말을 자막으로 넣었다.

아무도 나서지 않는다면 아무것도 바뀌지 않아. 시위가 누군가에게 불편을 줄 수 있지만 아무도 불편하지 않은 방법으로 무언가를 바꿀 수는 없어. 모두가 함께 행복한 사회를 만들기 위해서 누군가는 나서야 해.

고모의 인기 덕분인지 조회 수가 빠르게 올라갔다. 우리 학교 아이들도 댓글을 남겼다. 담임 선생님이 '초등학생 유튜버 박영훈, 장애인 인권 전도사! 우리도 함께 장애인 이동권에 관해 공부해 봐요.'라고 댓글을 남겼다.

오늘은 특별한 하루이다. 베토의 하루는 여기서 끝났다. 하지만 나의 이야기는 오늘부터 시작이다.

● ● ●

몇 년 전 지하철에서 이동권 시위하는 사람들을 만났어요. 그분들을 만나기 전에는 모든 사람이 지하철을 타고 버스를 탈 수 있다고 생각했어요. 그런데 그분들을 직접 만나고 대중교통을 이용하지 못하거나 이용에 불편한 사람들이 있다는 사실을 알게 되었어요. 지하철이나 버스에서 장애인을 만난 적이 없어 '장애인 이동권'에 관해 생각하지 못했었죠. 그런 생각을 하지 못했던 것이 부끄러웠어요. 그동안 나만 편하게 다닌 것 같아 미안한 마음이 들었어요. 그 미안한 마음 때문에 영훈이와 고모를 만나게 되었답니다.

고모가 사는 독일에서는 '배리어 프리' 운동을 하고 있다는 것도 알게 되었어요. 배리어 프리는 장애인뿐 아니라 고령자나 사회적 약자들이 살기 좋은 사회를 만들기 위하여 물리적이며 제도적인 장벽을 허물자는 운동이에요. 우리도 한때는 사회적 약자였고 앞으로 사회적 약자가 될 수 있어요.

모두가 행복한 세상을 만들기 위해서는 사회적 약자 이야기에 귀 기울여야 해요. 그들의 아픔에 공감하게 되면 무엇이 문제인지 알 수 있어요. 그리고 인간답게 살 권리가 모두에게 있기 때문에 모든 사람을 존엄하게 대해야 해요. 우리 주위에 힘든 사람이 누가 있나 둘러보세요. 그리고 영훈이처럼 무언가 시작해 보세요. 영훈이의 작은 변화가 모여 평등하고 행복한 세상이 되리라 믿어요. 세상의 모든 영훈이가 보내는 새로운 이야기를 기다릴게요.

－글쓴이 **신희진**

...

아주 오래전, 태초의 인류는 불이 가장 소중했다고 해요. 불을 켜는 기술이 발달하지 않아서, 불이 꺼지면 애를 먹었다고 해요. 다시 불을 붙이는 일이 어마어마하게 힘들었기 때문이에요.

불이 꺼지면, 추위로부터 체온을 유지하기도 힘들고, 밤엔 다른 맹수들에게서 보호할 수도 없었어요. 그렇게 소중한 불을 보호하는 사람이, 몸이 불편한 장애인이었다고 해요. 아주 중요한 임무를 맡은 것이지요.

그런 걸 보면 태초의 인류는 타인을, 장애인을, 약자를 차별하거나 무시하지 않았던 것 같아요. 요즘에는 강자만이 살아남는다고 생각하는 사람이 많아요. 그런 약육강식의 시선을 갖게 된 사람들은 강한 것만을 미덕으로 여기고 추구하는 것 같아요.

그런 사람의 삶은, 유치해지고 단순해져서 비루해지고 말아요. 세상의 승리자는 알고 보면 친절한 사람들이에요. 친절한 시선으로 세상을 보고, 주위를 대하는 사람은 항상 둘레가 밝아요.

어린 사람이든 나이 든 사람이든, 여자든 남자든, 장애인이든, 아픈 사람이든, 친절한 사람들은 서로 기대고 의지할 수 있으니까요.

친절한 시선을 갖게 된 영훈이처럼, 우리도 조금 더 친절해져 보아요.

그러면 훨씬 더 좋은 세상을 볼 수 있을 거예요.

―그린이 **김민우**